日本女性の出番

SATO Reiko
佐藤 禮子

文芸社

はじめに

コロナ禍の中で学び、考え、気づき、納得したことを「日本女性の出番」として書き残したいと思い立った。しかし同時期、ロシアによるウクライナ侵攻が起きた。テレビ画面に映る戦車が街中を走り、住民が避難する様子に脳は集中力を失ってしまった。

それと並行してデジタル社会が急速に技術開発され、日常生活の中に深く入り込んできた。その結果、スマホでSNSを使いこなす若い世代との間に溝ができ、社会の人間関係が希薄になり、暮らし方やコミュニケーションの仕方も目に見えて変わってきたのを感じる。

同年代の友人たちの近況報告には、ひ孫の誕生や、未婚の子どもやシングルマザーへの心配、認知家族の介護の愚痴や自らの健康不安……etc. 高齢者は次世代・将来への見通しのなさに不安を感じる世相になった。

人類が地球上に現れた有史以来、常に疫病の不安は存在し、この先も共生を強いられている。

すでに旧約聖書には、「疫病の時は静かにして希望を持て」と記されている。しかし、人類は二足歩行のお陰で脳が抜群に進化し、地球上に蔓延《はびこ》った結果が現代なのだ。そのことが限られた人生の自分とはどうつながっているのか、ごちゃごちゃ考えていた時、これまでの自らの人生のこだわりに〝遺伝子〟が深く関係していると気づいたのだ。

本書のタイトルに「日本女性」と入れたのは、この先、日本女性には、長所を自覚し、ポジティブに自信を持って持続可能な人類のための平和と幸せへの「ミッション・パッション・アクション（使命・情熱・行動）」を期待したいという思いからだ。

またここでの「女性」とは、性染色体の違いから男女の二項対立を命名した生物的性差の名称ではなく、女性的な生き方の総称とご理解いただきたい。

これから「性スペクトラム」の研究によって、新たな多様な性の存在が受け入れられるようになり、社会がさらに豊かになるはずだと言われている。学べることは嬉しい。

これまで直接あるいは間接的にあまたの人につながり影響を受けてきたが、個人名を書くかどうか悩んだ末、相応《ふさわ》しくないと思い至り、書籍の著者名などを別としてどなたも書かないことにした。

私は4人の子どもを産み、85歳になるまで〝メス〟を意識して生きてきたので、コロナ禍後の人類に、希望と男女の生涯の幸せと、理解ある共生の道を残したいと考えた。

2024年6月

目次

I

生かされている身体、子宮からの気づき

生物として地球上に生かされる持続可能な人類、その受精卵の胎盤は、男性の遺伝子が深く関わっており、男女平等は生命の根底にあった。

人には雌（XX）、雄（XY）がいる。人の「いのち」は、遺伝子XXと遺伝子XYの合体で生まれる。社会は両性が基本になって成立している。

生物として地球上に生かされる持続可能な人類は、男女平等から生まれる。ヒトの遺伝子に注目し、次世代の「いのち」の誕生からの共生、健やかな「いのち」の祖先となる責任、使命を考えたい。

「はじめに言葉あり」はいかにも頭脳明晰な男性が考え出したフレーズと感じる。「はじめに光あり」ならまあ抵抗ないが、子どもを産んだ女なら「はじめにいのちあり」と言うと思う。産めない、産まない女性が多くなっている時代、陣痛は大変だし、子どもを産み落とす

世界への不安もある。とはいえ、出産は女性に備わる力である。特権とは言わないが……。生物としても、社会的存在としても、出産の機能、その使命を声高に自信を持って人類に訴えることは、健やかな人類の持続に向け、今とても重要と感じる。

1 カネミ油症被害者との出会い

25年前、東京・豊島区の清掃工場反対運動で猛毒ダイオキシンを知った。

当時、私の娘2人と双子の息子の4人の子どもたちは成人していた。先輩女性から「母親は胎盤を通じて有害化学物資を次世代に渡し、自らは清まるのよ」と聞かされていたので、「佐藤さん、元気ね」と言われると何だか辛《つら》かった。私が元気なのは、子どもたちにダメージを渡してしまったからと言われているようだったから。

猛毒ダイオキシンを直接食べた人が日本にいることを知り、ビックリして五島列島に行き、PCB・ダイオキシン入り毒油を食べたカネミ油症被害者に出会った。

昭和43年に発生したカネミ油症事件からすでに30年が経過していたが、多くの同世代の母親たちの悲しみ、苦しみ、社会の理不尽な扱いに母性の人権侵害と憤った。そして、その後の25年、支援者として深くかかわってきた。

最近「化学物資は世代を超える」のイベントが縁で、エピジェネティクス（後成遺伝学）の研究者と学習会を重ね、未知の世界に踏み込んだ。

これまで、汚染化学物質は胎盤を通過して次世代に影響するとの発想を焦点に被害をみてきた。父親だけが毒油を摂取していたのに子どもに被害が生じている例は知っていたが、それは有害な物質が母親の胎盤を通過したからなのだと思っていた。

カネミ油症の特徴である肌の黒い赤ちゃんを産んだ母親に対して、たとえ毒油を口にしていなくても、母親のせいだとか、本当の父親は外国人かと責められた噂を耳にしていた。だが被害者との交流は女性が中心で、男性とは子どもの誕生に関して深く話すことはなかった。

しかし、今年になり、胎盤は父親の遺伝子によって女性の子宮内に存在していることを知った。以前、女性の先輩から言われてはいたのだが、なぜかハッキリと意識できなかった。

ということは、「いのち」の誕生の原点から男女平等の責任の追及が可能になるということだ!!胎盤形成に父親の遺伝子が深くかかわっているのだから。

母体の汚染物質が子どもに引き継がれることで母体は清まるという説の驚きから、化学物質汚染を何としても食い止めようと今日まで懸命に運動してきた。だが、その発想は転換できる。精子の遺伝子細胞の実態に接近できつつあるのだ。

ジェンダーにこだわりここまで生きてきたが、平等の〝プラネットLOVE〟の心境になった。プラネットLOVEとは、人間社会を超えた、エコロジカルな哺乳類の生命発生次元の愛なのだ。

受精卵は280日（十月十日《とつきとおか》）で赤ちゃんとなり、この世に生まれてくる。女性と交わって5日目、精子の1匹は卵子に到達し受精卵ができる。その他の射精時の自ら称するジャンク精子は女性の子宮の中で胚盤胞になり、やがて受精卵を支えて養分を届け、「いのち」を守る胎盤へと成長していくのだ。その臓器の、その間の行動はほとんど研究されていないことが判明した。

ほとんどの男性は、その現象を意識していないようだ。女性と共に「いのち」のスタートに深くかかわっているのに……。男性は受精卵に到達した1匹に強くこだわり、その他の精子は「戦いに敗れた」ジャンクで無価値な存在としか捉えない。その他の精子も重要な役割を果たしているのにもかかわらず、「いのち」の育成は全て母体に委ねられている。

妊娠が確定し、両親に「いのち」の誕生が伝えられ、その後の成長を意識するのは3カ月くらい後のことだ。その時点から妊娠、出産は女性のみの身体行為のように考え、行動するように思う。

そうではないのだ。男性の遺伝子は父親として初めから役割があり、出産まで女性、母親と一緒に平等に深くかかわっている。心強く嬉しいことではないか。

ＸＸとＸＹの合体、融合。赤ちゃんの誕生は人知を超えた神秘。プラネットＬＯＶＥ、奇跡の世界なのだ。

その間、「つわり」「流産」「子どもの身体形成の不具合」が起きることもある。その辛さ、悲しみも、母体だけが原因ではなく、胎盤を通しての男性の遺伝子行動にも深く関わっていると知ることは、女性とパートナー間の精神的安定に役立つ。

男性は、子どもの不具合を知って初めて父親の責任を感じるのかもしれない。

そういうケースで、パートナーとの関係を深く見つめ、成熟された人格を築き、心ある生き方、仕事をされている方を何人も存じ上げている。

男性たちは、２８０日前の自らの行為から「自分の遺伝子が胎盤形成の役割・責任を果たすこと」を意識せず、その後の子どもの誕生・育児の責任を女性に押し付けてはならない。男たちは「いのち」との身体関係に深くかかわろうと意識もせず、頭脳中心に冷ややかに外側からかかわっ

ている と感じる。

そう考えなくては、男性による競争、支配、権力欲、闘争や暴力的行為が日常に起きるはずがないと感じる。そもそも男性が備える受胎力が、マウント（精子の競争）の一点に集中するからだ。それとの対極に、胎盤は受精卵が成長するのに欠かせない命綱であり、「いのち」を守り育てるやさしさの土台が存在するのに。

今、私はエピジェネティクス（後成遺伝学）の世界を学んで、そこで胎盤は男性の遺伝子が深くかかわっていることを知り、ヒトの生命誕生の根底にある男女平等の神秘を知ることができた。

しかし、近年は雄の染色体Yの存在が危ぶまれている。この先の日々の平和と生存を願う時、男性の存在が愛おしくなり、共生・共闘・共存に強く心が動かされている。この心境に、私がここまで生かされてきた意味があったのだとほっとしている。プラネットLOVEとは魅力的な言葉だ！

人間の誕生と終末は、ギブ&ギブのやさしさが男女双方の遺伝子の根源に存在せねば、人類の持続可能な未来はない。この原点を再認識・再確認せずに進む物質文明重視の社会の中には、生物としての存続の限界を感じてしまう。

人類（man）は生殖技術により、そこを乗り越えようとしている。

AI能力に頼り、生き残るための不自然な科学・技術開発、化学物質の乱開発は許されるのだろうか。良き祖先になる自信はない。

以前言われていたのになぜかハッキリと意識できなかったが、ＪＴ生命誌研究館名誉館長の女性先輩に、今回の気づきをお便りしたら早速お返事が届いた。生命誌とは、様々な生き物たちの生きてきた歴史物語を読み解き、生きることについての研究である。励みとなったお手紙にはこう書かれていた。

「カネミ油症問題は私の世代では水俣病と共に心の奥にある課題です。生命科学でなく生命誌を始めましたのもそのような意識があってのことです。

お送りいただいた文に書いていらっしゃいます胎盤形成に男性（オス）の遺伝子が重要な役割をしておりますことは、自然界の妙というほかない事実であり、私たちはこのような世界で生きているのだと受け止めて生きていくことの大切さを思います。生き物であることを常に意識することは、性の問題を柔軟に考え、そこに差別などないという事実を基に社会をつくっていくことにつながると思います。最後にお書きになっている『希望につながる』という言葉に大きな意味を感じます。

人間は生きものと考えておりますす生命誌からの感想としてお受け止めくださいませ」

嬉しかった！

10年くらい前、夫がなぜか中国安徽省の名誉市民になり、家族も招かれて行った。その時、東京ドームより広い漢方薬の展示場を見学した。独特の香りが立ち込める会場の1階の目立つところに乾燥した胎盤が山積みになって置いてあった。「へーすごいな……」と印象には残ったが、今思い出して考えれば、長い漢方薬の歴史の中、すでに胎盤は人体に何か素晴らしい効能がある薬として研究開発され販売されていたのだ。何にどう効くのかは今後の研究課題だが、その気になれば容易に判明するだろう。

「中医学は検査の数値ではない。人の全体を診ます。自然哲学と化学分析の融合から成り立った学問」と言われる国際中医師の新聞記事を読んだ。

最近、『名医が教える　妊活と不妊治療のすべて』（あさ出版）を読んだ。その治療の過程が丁寧に図解されていた。確かに胚の成長の5日目に胚盤胞ができている。内側には赤ちゃんになる部分が、外側には胎盤になる部分が形成されている。胚盤胞になるとある。到達しなかったジャンク（？）精子の存在なのだ。

体外授精では、卵子の入った培養皿に「ふりかけ法」で精子が入れられるそうだ。いのちの誕生は奇跡の連続と言われているが、まさに……。この辺りは現場の医師の話を聞きたい。

ＸＸとＸＹの世界、ＬＧＢＴの世界、平和で健やかな幸せな人類の前途、寿命の中の日々は面白い。

男性の身体力、射精力を争い・競争・支配・権力・暴力につなげない。その思いの根底には到達しなかった多くの精子の男性遺伝子が受精卵を支え育てるため、女性体内で胎盤になり、周囲からの毒物の侵入を防ぐ役割を果たしているのだ。いのちの誕生の初めから責任は男女平等なのだ。この発生の原点を意識することは、争う男性性を抑え、人類半分の女性との平和を築ける希望なのだ。

精子君へ

自分の次世代、子どもたち、孫たちへの責任に気づいてください。
シッカリと胎児を胎盤で未知の人工化学物資の毒物から守ってください。
胎盤は君たち男性の遺伝子細胞で創られているのですから。
胎盤は健やか「いのち」の原点を育てる大切な寝床なのです。
1世紀前まではその責任を胎盤は担っていたのです。

医学書にもそう書かれ、医者たちもそう信じていたのです。

水俣病事件で母親が原田正純医師に気づかせました。

カネミ油症事件にかかわった4人の子どもの母親、つまり私もその現実を知って母性の人格を訴え続けました。

人類は物質文明の欲望の中、拙速に膨大な人工化学物質の開発をしています。

その結果、大気・土壌・水等々を汚染し、地球環境を破壊しています。

日々の食物にも影響し、人体細胞も汚染が進んでいます。

アレルギー体質・多発するがん・化学物質過敏症・脳の機能障害etc.

内分泌かく乱化学物質・生殖毒性の影響は、精子数の激減と劣化にまで及んでいます。

精子が創る胎盤環境にまで影響が及んでいます。

胎盤環境の悪化で胎児を守れなくなっているのです。

健やかな種の持続可能な未来に不安が生じています。

グローバル化の経済発展より「いのち」に思いを巡らしてほしいと母体は精子君に訴えます。

次世代の健やかな誕生は、ひとえに母親の責任と強く感じていた無知のトラウマから、
やっと解放されました。「いのち」の根源からの両性の平等、共生に希望・期待が持てたのだ。

こんな文章が書ける85歳の雌はなぜかほっとしています。

2 遺伝子からの発想に立ち向かい、考える

コロナ禍の中、女性の出番・メスの出番の可能性と希望を強く感じたのは、ＳＤＧｓを先駆けた生命科学者の村上和雄氏の著作『生命（いのち）の暗号　あなたの遺伝子の目覚める時』（サンマーク文庫　２００４年）を読んだことは大きいと感じている。記憶にとどめたい部分、感想を列記しておく。

❶遺伝子をＯＮにできる人、できない人がいる

- 心そのものは遺伝子に完全に支配されていないが、心が体に命じて何かを実行するためには遺伝子の働きが必要。環境の変化が功を奏する。
- 「ダメ」を前提に考えて生きては良くない。

タバコと肺がんの関係など、統計的な話として聞くのはいいが、それにこだわると遺伝子には

マイナスの影響がある。

●いい遺伝子をONにして、たくさん働いてもらうこと。その生き方の鍵を握っているのが「ものの考え方、遺伝子発想」だ。遺伝子をうまくコントロールして生きてほしい。

❷遺伝子ON型人間にはこんな特徴がある

●思春期、性ホルモンの遺伝子はいっせいにONになり働きだす。精神作用も深くかかわっていることは仮説の一つ。

●細胞の中のDNAには暗号化された情報がちゃんと書かれている。人間は「動く」ことによって伸びる。情報交換して前向きに目の前のことに取り組む。

●遺伝子をONに持っていきたいなら、ギブ・アンド・ギブの方がはるかに効果的。母親と赤ん坊の関係。遺伝子ONが起こっている。ファミリーができると強い。ユダヤ人社会の例。

●胎児は母親の胎内では過去の進化の歴史をもう一度大急ぎで再現する。

●画一的な教育では、一部の人間の能力しか引き出せない。

●戦後の日本の発展は、外国から「こうすればこうなるよ」というマニュアルをもらって、そのとおりに行って成功した。偏差値的能力に大きな意味があったかもしれないが、今の時代は、もう日本がお手本にすべきマニュアルがない。
●発病を左右するのは「心の持ち方」。それをプラスにすることで遺伝子に大きな影響を及ぼすと考えられる。プラス発想、サムシング・グレート、精巧な生命の設計図、偉大なる何者かが生命を作る。
●「生命の親」魂は無意識とつながってサムシング・グレートに通じている。
●自分の身に起きることは全部「必然」である。
●心は意識できる精神、魂は無意識の精神。
●人間は宇宙の一部。
●心の働きというものをもっと研究する必要がある。
●遺伝子操作を医療に活用することは自然の流れ。
●高血圧、大腸菌は遺伝子の働き。
●科学は絶対的真理でなく条件的真理。
●自然治癒力を発揮する鍵は、遺伝子が持っている。
●志の高い者に天は味方する。
●自然法則のバランスを崩してはいけない。
●「つつしみ」の心は自然の法則に合致している。

- 日本人女性は忍耐強く慎み深く思い切りがある。
- 組織も人間の体と同じ役割分担に徹するのがいい。

❸遺伝子に対する考え方

- DNA上のヒトの全情報を総称してヒトゲノムと呼ぶ。その暗号文字の総称は32億個。約60兆の細胞一つ一つに遺伝子が入っている。遺伝子には約30億の同じ情報がきちんと納められている。目覚めて活動している部分と眠っている部分がある。つけたり消したりできる機能がある。
- 大人の細胞は平均37兆個。その一つ一つに全ての命があり、その集合体が喧嘩もせずにお互いに見事に助け合って生きている。
- 「遺伝子のオン／オフ機能」は環境上で物理的・化学的・精神的な要因として影響を与える。体と心、相互作用がある。そんな状況証拠がたくさん出てきた。遺伝子の主な働きはタンパク質を作ること。
- 心と遺伝子の関係は研究成果にはつながらない。精神的要因。目に見えない。「思いが遺伝子の働きをオン／オフにする」。遺伝子オンの体質。前向きに楽しく生きる。
- 誰かの役に立っている実感。存在意義を見いだす。心満たされているので魅力的。プラス思考。

● イネの遺伝子暗号の解読は、将来地球規模の食糧難の切り抜けに貢献する。先人たちの努力は「天の貯金」である。

ここからは、他の書籍や記事から、気になる表現を書き留める。

❹良い遺伝子を目覚めさせる習慣

● 日本型食事を腹八分目に。動物性たんぱく質は効率が悪い。
● 運動をする。筋トレでオンに。長寿遺伝子にも関係する。
● 感謝する。人間に生まれたこと、人間として無限の可能性を与えられていること、今日元気でいることは、科学、信仰からも簡単に割り切れるようなことではない。

❺日本人の考え方、暮らし方の特徴と言われている言葉を拾う

● 日本の世間に対する絶対的自信「和魂洋才」。和魂がある限り洋才をいくら取り入れても大丈夫。
● 「社会」は法がルール、「世間」は感情がルールだが、個人の多様性を認める流れの中、みんな

同じだという「世間」にはほころびが出てきた。いくつかの緩い「世間」に属し「社会」を信頼し、知らない人とでも助け合おうと考えれば、生きやすくなる。

●「無思想の思想」。国民単位で持っているのは日本人だけだ。

●島国で移動が少ない。いい人の多い国、凶悪犯罪、殺人が少ない。血液型A型が多い。いつも心配、不安が同居してる人が8割。嘘をつくことが少ない。自分に素直、受け入れる（最近、日本人の祖先の縄文人のDNAが話題になっている）。

●人間の置かれていた状況は大切である。生の状況が決まってからで意識は後付け。「衣食たりて礼節を知る」。日本型、アジア型の環境設定がまず大事。西洋型はまず思想ありきの社会。思想が人間の行動を決めて意識は一秒遅れる。日本型の方が正しい。

●日本語の人称には相手に合わせる謙虚の思想がある。「個人」という観念がない。

●人間関係を切らない、「でもね」と。

●官庁での仕事には家、個を出すことはできない。

●教育は基本的に同じということを教えている。近年、形容詞、副詞の使用が減っている。感覚を言葉に。創造、文学の世界をインターネットに打ち出し、適当に編集することになった。

●信頼と共感が持てる小さな集団が大切。地域は女の日常、おしゃべり、ほほ笑みが大切。

●伝達は言葉7パーセント、声のトーンや口調38パーセント、ボディーランゲージ（態度や身振りなど）55パーセント。非言語的要素が9割以上だとする「メラビアンの法則」は驚きだが真実かもしれない。
●最近、年寄りの機嫌の悪さが気になる。

3 ピュシスの世界を垣間見る

ピュシスとは、全くの不勉強で聞き慣れない世界ではあるが、敬愛する福岡伸一氏の項もある『コロナ後の世界を語る　現代の知性たちの視線』（朝日新書　2020年）も読んだ。理解はできた。

「人間以外の生物はみな、約束も契約もせず、自由に、気まぐれに、ただ一回のまったき生を生き、ときが来れば去る。ピュシスとしての生命をロゴスで決定することはできない。人間の生命も同じはずである。

それを悟ったホモ・サピエンスの脳はどうしたか。計画や規則によって、つまりアルゴリズム的なロゴスによって制御できないものを恐れた。制御できないもの。それは、ピュシスの本体、つまり、生と死、性、生殖、病、老い、狂気……。これらを見て見ぬふりをした。あるいは隠蔽し、タブーに押し込めた。しかし、どんなに精巧で、稠密なロゴスの檻に閉じ込めたとしても、ピュシスは必ずその網目を通り抜けて漏れ出してくる。溢れ出したピュシスは視界の向こうから襲ってくるのではない。私たちの内部にその姿を現す。」

ピュシスとは生命の源で、万物はそこから生まれ、そこへ没するという初期ギリシャの哲学者が思索した自然をいう。同時代を生きる男性研究者の書かれた内容は理解でき、示唆に富んでいる。ありがたく引用させていただいた。

4 「いのち」と深くかかわる女性、雌は子宮で考える

女は哲学しないと言う人がいる。

コロナ禍の中、『アダム・スミスの夕食を作ったのは誰か？』（河出書房新社　2021年　カトリーン・キラス＝マルサル著、高橋璃子訳）という本をスウェーデンの女性が書き、話題になった。世界20カ国語で翻訳されているが、ようやく女性の翻訳で日本でも出版された。

経済学者の始祖アダム・スミスは生涯独身で、母や従姉妹に面倒を見てもらっていたそうだ。女たちの日々の家事、育児、介護などがあったがゆえに、これまでの男性社会は成り立ってきた。しかし今、国際平和、環境破壊、持続可能な人類の幸せの前途は危うい。

人類半分の女性たちが、これまでの経済学の成り立ち、繰り返す国際紛争、自国の政治の実態、環境破壊の実態、科学の歩み等の過去の歴史を自らの全身で学び、幸せとは何かを訴える時がきた。「いのち」と深くかかわる女性の生き方、人権、その価値に気づき、誇りを持って平和に暮らすには、女性自らの出番しかない！

確かに、男性は家事・育児・介護に時間・体力を使うことが少ないのだ。脳も違う部分はあるそうだが、最近は似通ってきていると思うが。

両性が暮らす社会は面白い。共生・協働・差別のない社会は、人類の持続に欠かせない。戦争・争い・競争・支配・権力・暴力・殺人は、女性の好みではない。身体が拒否する。

科学技術が進んでも、生物学的な限界である人間が持つ本能や動物的なものは残るのに、デジタル社会の昨今の若者の男女関係、会話内容、身体感覚は私の目には仮想空間でのことのように映ることがある。

とはいえ、現代女性は初潮の低年齢化や初産の高年齢化などで一生に経験する生理回数は昔の

9倍と言われている。歴史の前途は想定外。不安より希望を語りたい。

認知症の夫との5年間の生活を、『夫のボケは神様からの贈り物』（日本図書刊行会　2013年／同タイトルであさ出版　2018年）として出版した。

人間の脳について考え、ケアの世界を体験したことは、人間力とやさしさを鍛えるためには無駄ではなかった。パーソン・センタードケアや地域で支えるということは、他人事では全くない。

息子に「受援力」（help seeking attitude）を身につけるよう忠告されている。しかし、一方、娘には「甘えないで」とも言われる。高齢にならないと理解してもらえないと思う。全て初体験、生かされている人間社会の日々の宿命といえよう。生活の次元と人生の次元を意識して感謝して生きねばと、近所のラジオ体操と筋トレに出かけ、独居老人はおしゃべりを心がけ、努めて笑顔で暮らしている。

最近、私の女性主治医の「心臓は一発よ」とのやさしさからの検査入院をした。その間『「老害」の人にならないコツ』（アスコム　2024年　平松 類）を一気に読み、傍線をたくさん引いたが……。

Ⅱ 価値観の大変革時代を生きる

時代が変わる、男も変わる。
戦後まもなくの熱い民主主義教育の中に価値観の変革の芽はあった。

1 女性性の出番、男性社会の中にも価値観の変革の芽はあった

これまでの多くの人との交わりの中で、女性的な生き方への希望を男性たちが持っていることを実感している。それに触れた男性の著作も多い。女性関連論文や男性学研究の本もたくさん読んだ。時代は動いている。日常的な発言、行動にも男性の本音が出てきた。心ある男性たちにも出会えた。

しかし、ここにきて、医学・科学が男性の身体感覚の偏り・こだわりがあることを発見した。持続可能な平和で健やかな「いのち」の未来に女性の気づきをまず伝える、そこに女性の出番があると痛感している。

❶ 雄の身体行為の原点

蘊蓄発言をする人気男性芸人のO氏が5年くらい前にテレビで、「僕の人生の最高地点は射精行為の時点だ」と言った。正面からの本音の言葉は新鮮だったので、記憶に残った。その行為は征服ではなく、奇跡的な「いのち」の誕生の原点なのだ。

免疫作用、つわり、流産、遺伝病、奇形などは、胎盤の影響が深く関係しているのに、男性社会は女性の子宮内のことは他人事なのか、この分野の研究がほとんどされていない。特に日本で。しかし、2015年に日本女性の研究が海外で話題になり、海外では研究が進んでいることがわかってきた。今回それを知り、「ここにこそ女性の出番」と強い使命感さえ覚えてしまった。

勝利を獲得し受精した1匹に男性の身体的パワーの全てのプライドがあるようだ。征服、支配、暴力、権力に結びつくような身体感覚の男社会は間違っている。胎盤になった多くの精子は明らかに「いのち」の原点から男女平等の責任・共生・協働があるのだ。このことに気づき、差別や一方的な母性の責任からの解放と希望を男性社会に伝えるためにも女性の出番だ!!

少子化が話題になっている真っ最中、高度な内容の『性の進化史～いまヒトの染色体で何が起きているのか～』(松田洋一著　2018年　新潮選書)を何とか苦労して読んだ。私が付箋を入れた箇所をいくつか引用する。胎盤の成立と雄、雌のプラネットLOVE。生きていると面白い学び、気づきに出会える。感謝である。

「Y染色体には相方がいません。細胞分裂ごとにDNA配列が何千回も何万回もコピーを作り続けている間に複製の間違いが起きたり、あるいはDNAに障害を与える何らかの外的な要因(主に放射線、紫外線、様々な化学物質、活性酸素など)によってDNAが傷ついて遺伝子に異常(突然変異)が起きたら最後、身の安全を保障するスペアがないため、その傷を除去する手立てがありません。そのため、遺伝子の故障はそのまま精子を介して次の世代に伝えられてしまうのです。」

55年前のカネミ油症事件は、PCB・ダイオキシンという有害化学物質がDNAを傷つけた。このことは、国が今実施している、直接その物質を摂取していない被害者の次世代調査に大いに関係している。立証可能な研究に近づきつつある日本固有の負の遺産、被害者は人類の宝なのだ。世界的にもこの負の遺産は注目されている。

「哺乳類はいかにして胎盤を獲得したか……独自の生命現象……胎盤の獲得は進化に大きく貢献……偶然……精子と卵子が受精したのち、雄のゲノムと雌のゲノムが互いを補い合いながら調和を保って機能することによって胎児の成長がうながされます。

遺伝子DNAは全体の3パーセント以下、残りのガラクタジャンクDNAは胎盤形成に必要不可欠。『動く遺伝子』の気まぐれが、胎盤獲得という現象を引き起こし、（中略）卵生から胎生という飛躍的な進化の原動力となったわけです。

DNAの塩基配列の変化をともなわない個体発生の多様な生命現象と、その遺伝子発現制御のメカニズムを探求する研究分野をエピジェネティック（後成遺伝学）と呼んでいます。」

私が本書を書く途中からカネミ油症の被害者、支援者とエピジェネティック研究者との交流ができ、女性の出番の意味も深まった。

❷ 気になった高齢男性たちの言葉

●東日本大震災の際、（日本人の）モラルの高さと忍耐力、人に対する思いやりに世界中が驚嘆。半世紀前の「良妻賢母」、日本人に息づいてきた強さや美徳は今でも確かに存在している。失いたくない。受け継ぎが不確かな時代、生き抜く力を育んでほしい。時代、住む国が異なろうとも専業主婦ではなかろうがのびやかに力強く生きるヒントは共通している。

● 高度経済成長期からバブル崩壊、大きな代償を感じた。「我」の感情を出さない建前《たてまえ》集団、体裁を非常に気にかける。コミュニケーションスキルの欠如、暗黙の了解は認められない。侍《さむらい》タイプの文化基準の弊害がある。ありのままの自分、自己の受容、健全な関係性、メンタルヘルスは重要。

● 納得できる道を探す人。選択の自由に溢れた新個人主義のキーワードは「責任」なのだ。ダイナミックに変動する社会において鍵になるのは、対面的なものでなく、自分の真の感情なのだ。

● 私たち男性の体格・体力は女性を上回る。言葉や動作で威圧される側が抱く恐怖は、男性からは想像できないほど大きい。

● 人間の楽天性、誇りと喜びをシッカリ抱えて生きる。たった一つの変わることのない本当のやさしさは生物「セックス」の視点、かかわり。

●かつて日本人が「結婚は恋愛感情に基づいてするには、重大なこと過ぎる」と言っていたことを私たちアメリカ人は、もう一度考え直してみた方がよいかもしれない。

●「伝統的家族観」を取り違えている人がいる。女性が家から勝手に逃げることを嫌悪しているのだろうが、家族を安心させるという役割を果たせていない男性が、女性に従属や忍耐を強いるのは伝統の曲解だ。

●年老いた性の世界。性と死、性と生は固く結ばれている。性は生きていることの一つのしるしでもあるためであろうか。老いを通して人間を考える姿勢。老いたゆえ、女が美しく見えだしたのは幸福に違いない。老いるにつれて知り得た共感をみてとることができるが、それは理解とは違う。老いの成熟とは、成功も失敗も含めて、それが凝縮されたものとして今の自分があると認識。人生を肯定できるということは老いの成熟につながっている。

●女性として可愛がってくれるのは、外国人の男性ばかり⁉　人に賢いと言われることに飽きた女性たちは、日本人ではない男性を探す。欧米人の男性を連れている日本人女性が増えた。アメリカ人、フランス人、イギリス人を連れ歩く。国籍を問わず女性を女性として見てくれる。

家柄、金品は無意味と日本人以外の男性は考える。彼を見る彼女の目は、地位やお金は映らない。純粋に男と女で勝負する。恋の駆け引き以外にない。

●愛と信頼はないがしろにしていない。恥の文化で育つ。一番自分に相応しいと思っているはず。切ないほどいじらしい動物なのだ。女の品定めが本質的に好きだ。人から疑われる以上の屈辱はない。そんな、あなたの夫に対する猜疑心が彼のあなたへの信頼と愛情をさめさせることはある。確固たる自信を持とう。独り占めしている自信。

●「共感」は大切。家族や子どもに全てをかける芯の強い「日本の母」「良妻賢母」の姿。日本の人々。心身ともに健康に生きてほしい。

●女たちは老いも若きもすぐ「女子会」ができて雑談に花を咲かせる。年配男性たちは黙っています。プライドが邪魔してか、新しい関係に入るのがヘタ。日本の圧倒的な男社会は女たちを抑圧するだけでなく、男たち自身をもまた雁字搦めにしています。

●男も納得する全体をカバーしたフェミニズムになるために、ヒューマン・セクソロジーを。

2　日本人女性に対しての様々な視点

戦後の女性たちに、出番の期待や希望を感じる印象的な言葉が目に止まった。

●『結婚しても愛を楽しむフランスの女たち　結婚したら愛を忘れる日本の女たち』
『お金がなくても平気なフランス人　お金があっても不安な日本人』

●1人の日本人女性は我慢強く大人しい。2人の日本人女性は姦しく文句を言う。3人の日本人女性は元気に頑張る。

SNS投稿が日常的になった時代、おしゃべりが得意な女性は、他人に迷惑をかけずにルールを守り、共感の輪を広げ、世論を盛り上げる。民主主義に貢献できる可能性は大きい。

●雌はそのままの存在として異性を意識する。言葉遣い、怒鳴り声、大声、おどし、体力、筋力、暴力、体型、瞬発力、競争、成果、業績、威嚇。弱さを認めない老人、おしゃべりが苦手。形容詞の不足。身近な世界から雄の実態を分析、社会変革に生かす。

- 雌の潜在的恐怖、トラウマ（怯え、黙り、身の縮み、拒否）からの脱却を。

- 会社に入って驚いた。生まれて初めて女性を自分たちと全く違う生き物であるかのように区別する男性たちを見た。

働く女性が結婚するなら、自分に自信のある男性でなくちゃダメよ。ジェラシーが出る。子どもか仕事かという考え自体がおかしい。

男たちはどれだけ出世というものにこだわり、血道を上げる生き物か把握しきれていなかった。私の想像を超えていたのよね。（中略）男社会って醜いなって、つくづく思った。

日本の会社員はもっと自立した人間にならないと、一人の力で勝負しなきゃならないのだから。声を上げない大人が増えてしまった。会社は人間の弊害。打たれてしまう。臆病で弱虫。戦後すぐの、あの力強い教育はどこにいってしまったのか、って思う時がある。感受性の乏しい人が多すぎる。

甘えない。実力があることが大事。実力がないのにポストに就けたりすると周囲が混乱。「ライフ」を純粋に追い求める女性になってほしい。

●頭脳競技なんだから男女差などないはずだ、娘にやらせて試してみようと父の壮大な実験で15歳で初段、プロに。男性棋士も共感、支援、後押しした。才能を伸ばす夫婦、家事全般を支援。３人の子育て間は中途半端になるので休場。真剣勝負、落ち込み、傲慢、教えてもらう。日本棋院の棋士会会長いわく、囲碁界は男女平等風土で、性差はない、脳力に男女差はない。甘え、志の問題を感じるのは女性の特徴でなく、弱い人の特徴。無理と諦め、そこそこで満足する。囲碁界の女流名人戦、クォータ制に優遇策を。（昭和初の女流棋士の言葉）

●まず個人では破れない制度の整備、女性の連帯、鋭さより包容力、攻撃より忍耐、理論的正しさより妥協点を見いだす老獪さが大切。（最近90歳になり、本を出された先輩）

●手にしたかったのは、戦前まで女人禁制と占有されてきた山に仲間と入り、自分の目で見て、自分の肌で感じ取り、経験そのものの驚きと気づきの感覚が原点。

●亭主に何かあっても子どもを養えるか。結婚の常識、習慣を疑う。自分で納得できるものを常識だと思えばいい。判断をするには歴史を知らないと。ひた向きに生きる結果、周囲から孤立もする。傷つこうとも前へ進む、現実社会にも。それが今という時代であるのならば、さびしいことだ。

（今も反原発と、絵本関連での地域づくりに奮闘中の知人）

● 追い求めたのは、職業の本質。女だということで制約を受けた不満からの母の期待、「自立しなさい」があった。組織には命令系統がはっきりとある。まるで軍隊のようであったが、私はそれが身につかなかった。組織人として育てる教育がなく、組織の一員としての自覚のない人間だったが、「国家の成長戦略のために女性を使う」という考え方には同意できない。女性一人一人が輝いた時に、国に反映することができるということでなければ、考えるべきベクトルが逆だと思う。

（ベテランアナウンサーの言葉。共感する女性は多いことだろう）

● 男性社会の価値観、仕組みやルールを変えずに女性をそこに参入させていっても「女性が輝く社会」となり得ない、と気づいてほしい。家族にも周りの人にも愛を持って尽くし、それを誇ることもなく、社会を支えている、そうした生き方を否定、批判する気持ちは毛頭ない。ただ、経済力がないばかりに理不尽な迫害に遭い、我慢を強いられ、虐げられる立場に女性が追い込まれるような社会はなくなってほしい。それだけは強く願っている。生き方の幅が理不尽に狭められる性差別の横行を正し、それぞれが多くの選択肢の中から自分に見合った生き方を歩める世の中を理想としたい。

●人間性は本当に「良い」ものなのでしょうか。絶望的なまでの閉塞感を嗅ぎ取るホモ・サピエンスの特徴。愛、正義、理性の麻痺。理性でコントロールされた生き方をするのか、それを知ってもなお、愛に生きるのか。決めるのはあなたです。
愛というものの捉え方に本質的な相違があるということを示しているのだろうと思う。

●反体制的な人々は、そうでない人に比べて、他人に危害を加えるのを嫌う。さらに他人から命令されて何かを遂行することを嫌うことがわかった。その社会の「倫理」に従わないため、自らのモラルを突き通すから社会的に容認されにくい。個体として生き延びる機能と、種として生き延びる機能の両方を持っている。「社会性」を武器に生き残った生物。集団の存続優先システムがいろいろ備わっている。倫理的であることは「美しい」と無意識的に感じさせる脳の構造。「空気を読む」、向社会的ふるまい。社会性と呼ばれるものの実態です。

（女性脳科学者）

心したい言葉もある。

●差異を強調した言説は、女性を「女性」の領域に押し込めようとする権力に利用されかねない。一番のジレンマ。女性の生きる現実は多様化している。差異あると先に言わない。身体論、位置づけ困難。射精する性の違い、身体性の問題。男根中心的な文化の中、消去されない女性主体をどう救い出せるか。産むこと、育てることを分ける。「次世代育成力」をケアする存在。人みな生命の連鎖の上に。今ここに「自分」がいる。未来世代との共生、健康な身体を手渡す責任。

●子宮を持っているのは女性だけ。フェミニストからセクソロジストに。妊娠出産と更年期障害。性差の科学。脳の性差。脳のバイアス。HIVウイルスとの出会い。性教育。ホルモンリズム。ジェンダーバイアス・フリー。高齢者の触れ合い。ケアの基本は「手を当てる」。「人間の最大の性の器官は皮膚」。信頼、愛、好き。人を見よ。自然は多様性を愛する、社会は多様性を嫌う。怖い、嫌だ。枠組みにはめない。他と一緒でも自分はひとり、個別性、多様の共通認識を。

（ウーマンリブ女性の性についての発言）

●新しい、より難しい仕事をするチャンスがあれば、ぜひともつかみ取ってほしいと言い続けてきた。いつもうまくいくわけではないので、精神面の強さ、立ち直る力を持つことも必要。一般的に女性の方が挫折に直面した時にマイナス思考になる場合がある。うまくいかない時、公平に扱われていないと感じた時には勇気を持って、したたかになって、再度立ち上がって前に進むようになってください。

（オーストラリア初の女性駐日大使）

●私は多くの優秀な女性と出会っている。日本は少子高齢化、労働人口減など大きな課題に直面している。女性比率を高めるだけでなく、指導者層を増やす余地があると思う。

（世界に比べてジェンダー平等が遅れている日本へのメッセージ）

●日本女性の良さが最近の女性の変化で甘いと言われそう！　底が浅いと言われたくない。

●人間は「まだ何とかなる」と思っているうちは、従来の行動パターンを破れない。破局へのリアリティーが高まり、絶望的と思える時にこそ、思い切ったことができる。この苦境を好機に変えなくては、と強く思う。

●コロナとの共生共存を図る精神力を絵画に投影させて、マイナスエネルギーをプラスの創造エネルギーに転換させることでコロナを味方につけてしまい、この苦境を芸術的歓喜にメタモルフォーゼ（変身）させてしまえばいいのだ。

「千年大国」とはキリスト教の終末論であるが、ここでは仏教の弥勒思想の千年大国を想起して、人類が真の「安全な形」をコロナを時間的に捉えてみたらどうかと考えている。時間の中で知覚するのは文明の危機である。その真っ只中でコロナは人類に何を学ばそうとしているのかが見えてくるのではないだろうか。

●成功本位の米国主義に倣うべからず。誠実本位の日本主義に則るべし。

（内村鑑三の「成功の秘訣10か条」の中から。これはすごい。成功主義、競争主義はさらに激烈になり、新自由主義を生み出した。反対の新自由主義にのみ込まれていった）

●この国の政治家や官僚は、税金を教育や医療に使わなかったために、不安や不満、不信がこの国に募りました。そのために世界一の預金は動きません、不況の連続が起きています。心の委縮が不況をさらに重症にしています。今こそ「安心の国づくり」が大事なのです。

●認められることが子どもたちを変えていく。子どもたちの中に生きる力、自信、自己肯定感につながる。91年以降、ゆとりを失った社会、それを大人も忘れている。

戦後、「初」の付く地位に多くの女性が参加した。各分野での活躍は評価され、今後の活躍が期待されている。しかし、国際的には日本の女性の地位は低く評価されている。なぜなのかも分析されている。

日本女性の出番のミッションは各章で書いた。その可能性、その能力も書き出したらキリがない。自信を持ってパッションを駆り立てて行動する。各自の限られた人生、足元から何と言われても、できること、好きなこと、やりたいこと、何でもすべきだ。何と言われようとも。笑顔で何とか明るく仲良く楽しんで。ちっぽけな自分、自然界、動植物、星空、宇宙、お天道様が応援してくれる、支えてくれる。見えないサムシング・グレートを感じて。

日本歴史上に登場した多くの男性の自伝を読んだ。

全てと言ってもよいと思うが、そこには陰で支えた母、妻、姉妹、恋人、近所のおばさん等々がかかわっている。踏み台になった女性も多い。これから先の平和な持続可能な人類のためには、あらゆる場面の女性の出番が必須である。

3 ／ 気になること

今、思いつくままに列記してみた。

日本人は不安感が高いそうだが、生かされている生き者、地球人の課題は共有してほしい。

●気候変動、去年・今年の猛暑。地震や自然災害。この先が心配だ。

●技術開発の前途と人類の幸せ。デジタル社会、人工知能（ＡＩ）の急速な実用化、未来世代への教育。幸せは大丈夫なのだろうか。

●世界平和、人類半分の女性参画の政治社会、核兵器の廃絶。希望の見通しはあるのだろうか。なぜ困難なのだろうか。

●資本主義の限界、格差が身の回りに広がってきている。経済学の基本を学ぶには、女たちは日々の暮らしに振り回されている。

●民主主義の前途、各自がどこまで責任を持てるのだろうか。頼れるリーダーへの期待は甘えなのか。霊長類の人間社会の雄と雌はどうなっているのだろう。

●現存の宗教には男女平等は示されていないのでは。特にイスラム教の女性の人権は何とかならないのだろうか。

●精子数の減少、劣化は人類の持続の大問題なのにとりあえずの少子化対策、生殖技術開発と。男たちは目の前のプライドが関係しているのだろうか。最近は母性を代理母に使う。女性の人権、プライドは譲りたくないな。

●中国の一人っ子政策による高齢女性の現在がほとんど伝わってこないが、家族の変化、福祉の遅れ、どんな老後を過ごしているのか気になる。

●日本独自の天皇制の今後、女性の人権、皇室典範の行方は身近で気になる。

●戦時の慰安婦行為は気になる。戦争は人殺しの暴力、いのちの根源に関わる政治的行為だから。

●身近な願いは東海第二原発の稼働は止めて。地震大国、後始末は不可能な原発。自然エネルギーの活用を邪魔する感性の人は好まない。

●リニアモーターの工事は止めてほしい。どう考えても愚か。

●水汚染までに広がる恐れのあるＰＦＯＳ汚染の実態。つぎづきに出てくる未知の状況に有害化学物質の人体影響。便利で儲けに繋がる化学物質の開発の暴走、その後始末。外界への影響、人体のへの影響、心配と不安は尽きない。製造者責任は重大である。

●一番身近な57年前のカネミ油症事件。最近その原因のPCB・ダイオキシンの毒性、人体影響は未知の世界と国も認めた。因果関係の科学的証明より、限られた各自の幸せ。救済には予防原則、セイフティネットしかないと実感している。

高齢になった私は、心配や不安がどんどん出てきてしまう。

「空の鳥を見よ　野の花を見よ　明日の事　思い煩うな」の言葉知っているのだが。宇宙教の教祖のようなご先祖さまたちが見守り励ましてくれていると思うが、今日はこの辺りで。

Ⅲ

今なぜ、日本なのか

日本国土の独自性、地球・世界の中の日本。
生まれながらにして日本女性の出番の土台、本性がある。宿命と使命を感じる。

日本国土に生まれる

❶地理学、地政学的な視点から育った足元を見つめる

110の活火山からなる日本列島は、背骨に山脈があり、山岳に囲まれ、地震や火山噴火、自然災害が頻発する島国だ。国土の70パーセントは森林で、天然資源は乏しいが豊かな水に支えら

れ、四季がはっきりしている。稲作環境に恵まれ、瑞穂の国になった。

アメリカの海岸線は国土面積の4パーセントで約2万キロメートル、それに比べ、日本の海岸線は約3万5千キロメートルとすごく長い。しかし、現在は、その海岸線上の13カ所に原子力発電所が林立している。

地理学、地政学的に見ても、武力では外敵から国民を守れない国である。

戦争準備は、国民は許してはならない。「非戦」が現代に生きる人間の基本姿勢でなくてはいけない。始末の先が見えない核の保有もしてはならない。

現在の温暖化による異常気象の主なる原因は、都市化によるヒートアイランドが関係していると考えていたが、近年の世界的異常気象は、やはり人間の社会的行為にかかわる課題。限られた各自の人生、良き祖先になることは難しい……。

❷ なぜ今、日本が重要なのか

なぜ日本が重要な存在かという根拠は、平和の要が「寛容」であり、日本人の国民性に寛容が期待できると考えるからだ。

世界人口の半分以上が一神教のユダヤ教、キリスト教、イスラム教の信者である。その思想の根底には自然に挑戦した砂漠の生活があった。家父長制が影響して、言語的、都市的宗教とも言える。近代的自我を形成し、世界を制覇した西洋の歴史にそれを感じる。

一方、我々日本人の思想の根底には、地理学、地政学的という言葉が相応しいかはわからないが八百万の神、アニミズムの考えがある。自らの身体と心は自然につながっているという祖先からの感性が私たちにはある。天照大神に始まり、日本神話や神社仏閣、「お天道様が見ている」など暮らしの隅々に見受けられる「自然界に生かされている」という感覚だ。

西洋とは大きく異なる精神風土があると実感している。英語と日本語を比べてみても、神を中心とした主語の使い方の英語と、曖昧な日本の言語はかなり異なると感じる。キリスト教の信者が他国に比べ多くない原因もあるように思う。

国土の自然の中、水稲耕作の協働作業による和、絆が育まれた。里山の自然と人間の関係の中で祖先は暮らしてきた。試行錯誤によって獲得した知恵がソフトに身についた国民性や、細やかな伝統文化も築いてきた。唯一の神も経典もなく、七五三はお宮参り、結婚式は教会、葬式はお寺さんと、強い抵抗もなく無思想の思想とも言われるが、神仏習合、永遠の命という考えにあまりこだわらない寛容（いい加減？）な国民性を感じる。

近代になるまでは島国の中、性や地域、職業による差別はあっても、人種差別は激しくなかったのではないか。脳や意識、理性で考えての日常行動より、気持ち、感性が優先し、意識せずに「いただきます」「ご馳走様」「お天道様が見ている」と手を合わせ、菜食中心で暮らしてきたといえる。考え方、行動は真面目で、勤勉で正直で慎ましくて、手先が器用。老人の経験を尊重し、周囲を気にする「世間教」と言える世界があるようにも思える。

自分もこの世界に暮らしていると感じる昨今であるが……。周囲の仲間にそう言うと、大方の仲間は誇らしげに賛同してくれる。しかし、地球上には宗教、民族が想像以上に個人の行動を支配していることは心得て付き合う必要がある。寛容が身についていることはありがたい。

日曜日は近くの教会に顔を出している。出席者の8割は心やさしい女性たち。讃美歌を歌い、日常から離れた心穏やかなひと時を独居老人は気に入っている。

しかし、先日のイースター（復活祭）の説教に使われた聖書のマルコによる福音書の一文に引っかかった。

「キリストが十字架につけられた直後、マグダラのマリアと、ヤコブの母マリア、サロメが墓に行くとイエスは復活され、おられなかった。女たちはひどく驚き、墓を出て逃げさった。震え上がり、正気を失っていた。そして、誰にも何も言わなかった。恐ろしかったからである。」

マルコの福音書はこれで終わっているそうだ。

その先はマタイとヨハネの男性たちの福音書に書かれている、とか。聖書は全くと言っていいほど勉強していないが、マルコはなぜその先を書かなかったのかな？
とはいえ、キリスト教は家父長制の宗教だなと感じた。人類史のこれまでの宗教、哲学、思想、経済 etc. は男性脳の成せる業と実感している。

❸ 今なぜ、日本女性の出番が期待されるのか

封建社会、家父長制の歴史の中での女たちは、躾や教育の結果、良くも悪くも生理が穢れ扱いされた。男社会の中で黒髪、小柄で小太りがよしとされ、真剣に子どもを産み育て、強く生きてきたと思う。

女たちの日々の暮らしのコミュニケーション能力は、明らかに男性に勝っていた。争いを避け、忍耐力もあり、寛容で慎ましく、柔らかくやさしく慎み深い。勤勉で、識字率は高く、世界一の長寿にまで生き延びてきている。人間関係のスキルも、他国に勝っていたと思う。

しかし、一方、主体性がない、意見をはっきり言わない、感情的で馬鹿正直で理性的でないとか、軽薄なおしゃべりで、細かく口うるさい、お節介、笑ってゴマカすとか、臆病で涙もろく、「寄らば大樹」で諦めが早いとか、抱え込む母性は迷惑だとかいろいろ言われる。昔はいじわる・

欲張りばあさん、やまんば、山の神、かかあ天下 etc. の言葉があった。日本人は「不安遺伝子が世界一」と言われているが……男性も女性も一緒？

しかし、過去には、賢い女性は政治の世界にも存在した。

明治天皇の昭憲皇后はお子さんがおられなかったが、国民の母としての偉業は今も影響していると考えられる。近代に大きく影響している事実が記録されている。女たちの文化や芸術作品への影響も無視できない。日本女性は、外国人男性に魅力的で、影響があったようだ。日本女性は、芯は強く忍耐強く、語学力も美意識も品格もかなり優れ、世界的に見ても今後期待されると実感している。

しかし、今の時代、過去の「女性」という言葉を性差の二極に捉えるべきではない。連続している「性のスペクトラム」の研究に則り、多様な性の存在を認識して、受け入れる寛容な付き合い方は、この社会をより豊かに平和にすると思う。「女性的」という曖昧な表現をこの本の中では使わせていただきたいと思う。

精神的な土壌改良の可能性の時代が来ていると実感している。

「見えない世話役＝女性」への期待が日本社会に埋め込まれているが、家族の形態・価値観はすでに変わっているのだから、その魅力を問い直し、精神的土壌・制度を改良する必要がある。ありのままの自分を受け入れてくれる土壌は必要である。しかし決して一人では生きていけないことは忘れてはならない。

「骨」の髄まで滲み込んでいる「日本的情緒」にも危険性があると認識しておいた方が良いと思う。おっさん性は70年を経ても一掃されていない。女性の地位はまだ低いが、自分が思っているより女性の生命力は強く、「私はもっとやれる」と思ってもいいが、おっさん的思考や偏見に気づかずに地雷を踏まないように。これまでのジェンダー起因のリスク・セクハラ・モラハラ・パワハラはそこら中に埋められている。埋めた人が悪いのか、気づかずに踏んだ人が悪いのか。土壌を変えるよう戦う方法はある。その途中段階だが、世の移り変わりは目まぐるしい。

Ⅳ

今なぜ、女性性の出番なのか

身近な暮らし、関係性の中を生きる、幸せと期待。


家父長制の家族制度の歴史が根強く残る中、新たな憲法、民法、教育基本法が制定され、戦後の時の流れはフェミニズムの思想に大きく影響した。

しかし、戦争責任は戦後しばらく母親大会や政治参加の中で扱われたが、高度経済成長の中、女たちはその空気にのまれ、正面から世界の平和問題にかかわらなかったと感じる。

母性という言葉もタブー視され、経済的自立優先のフェミニズム運動の中、男性意識の変容は鈍く、性別役割分業の家族・家庭・職場・男女関係と多くのところに無理が重なった。

しかし、今新たな気づきに到達。書き残すことに希望を見いだした。

1 ＝ 肌で体験した日本女性との出会いと生き方から

人は皆、限られた人生を生きている。その人生の中で出会う人は、誰もが限られている。私たちはまず家族の中に生まれ育ち、学校での友人や仕事仲間を得て、自ら家族をつくる。地域仲間、運動仲間もいるだろう。介護、医療に関して知人ができる。自治体首長や行政職員、議員、メディア関係者、国際機関の関係者、各種の専門研究者、文化芸術の中での表現者たちにシンパシーを感じたり、意識することもあるだろう。間接的には著作や作品を通してつながることや、共感することもある。

世界的コロナパンデミック（2020年～2023年）の中の日々、人や作品との関係、交わり方はそれまでとは異なるものとなった。ウクライナ侵攻も起きた。生きること、価値観、幸せを各自意識せざるを得なくなった。

ＩＴ後進国と言われつつもコロナでテレワークが一気に一般化し、在宅勤務も日常化した。しかし、社会で働くのと家事労働とは質が異なる。無償労働は数多くある。現役労働者以外の人も数多くいる。

幸せな人との関係、命の初めと終わりはギブ&テイクではない。ギブ&ギブである。経済合理性の世界ではない。

●エッセンシャル・ワーカー

コロナ禍で、働きの価値が見直されたといっていい。エッセンシャル・ワーカーの働きに頭が下がった。日々の暮らしになくてはならない、欠かせない労働がある。宅配便、ケア労働、ごみ収集、都市インフラを支える警察・消防など、世界中同じだった。

女性性という言葉は、この分野に相応しいと思う。身近な暮らし、「いのち」に寄り添うやさしさ、感性をパッションに変換する。傍《はた》を楽にする目的の「働く」を本来の言葉として使いたい。効率、競争、合理性からは似つかわしくない言葉だ。

文化芸術は「不要不急」扱いされ、劇場はじめ様々なイベント・祭り・ヒトの集まりが世界中で止まった。生きる希望、喜び、人との交わりが減少し、各自の日常を見つめ、考えないわけにはいかなかった。鬱が身近になった。芸術の世界は感性の世界、女性性が基本だ。

●**ケア労働者**

ケア労働の現場は危機的状況にある。ケアはタダじゃない。子どもの世話を誰がするのか。親の介護は誰がするのか。高齢者ケア、訪問介護、介護事業、介護職の過酷労働……人生100年時代の福祉政策は、明らかに女性性の出番である。疫病には努力の限界もあり、無力さを思い知らされた。死の別れは身近にもあり、残酷であった。

女性性の存在の重要性を感じた。多くの心ある男性たちとも直接的、間接的に出会った。「娘がいる人は貴族だ」と言う友人がいる。父は娘からの言葉には心を開くが、男同士、穏やかな会話が難しいようだ。

取り立てて言うことでもないが、偉人、奇人、変人の人生の背後に、日々の暮らしを支える献身的女性が存在しているのはザラ。

人生100歳時代に現代医学にしがみつく欲望はいかがなものか、コロナ禍の中、いろいろと感じた。

●**育児労働者**

保育園があるからこそ現在の若い夫婦は働けるのだ。その環境を作ったのは、祖母たちの努力があったことを知ってほしい。家族の中の祖母力は、今も出番となることは多い。

オンラインも急速に一般化し、対面教育、知識の伝達以外の教育が課題になった。教育界の女性性、育てる教育、共学の目的も大きな課題を含んでいる。

非正規雇用者がコロナ解雇の最前線になった。テレワークがもたらした職住接近は、消費の場と子育ての再生産労働の場が日々重なり、家庭内の性別役割分担の再調整に迫られた。

女性の働き方改革は、その世界に女性リーダーを置き、その土台を団結して組織化する。やはり、そこからやるしかない。

●食事作りは生きること

最近のテレビ番組は食べることに関係するものが極端に増えた。「食べるために生きているの？」と思えるほどだ。しかし、女性が昔からかかわった重要な出番の場ではある。しかしこの先、この分野は極力男性に譲り渡したい。「私作る人、僕食べる人」は半世紀も前のこと。自立して生きるのは基本。

個人的なことは政治的なことにつながる。食料自給率の極端に低い日本の前途。農薬の危険性を心配し、運動が起こりつつある。農業従事者の女性も増えている。有機農業を目指した先日の集会会場は若い女性でいっぱいだった。日本女性は賢いと実感した。実践している地方自治体のボスはいまだ全員男性だったが、確実に足元からの女性の出番の動きに希望を持った。

2 ／ 間接場面でも女性の出番を感じる

テレビを見る高齢者は多い。明るい笑いのある街中の平凡な暮らし、自然の風景、旅番組、街頭収録、科学番組、音楽 etc. を興味深く見ている。番組制作に明らかに女性が意見を述べ、参画している。

日本女性の韓流スター熱狂ぶりは、日本人の男性には気にくわないらしい。なぜなのだろう。

戦時中、愛国婦人会が出征兵士に旗を振る場面は何回も観た。兵士たちが戦場で「お母さん」と言って死んでいったことも聞かされた。慰安場に行った青年もいただろう。

それから80年、二度と戦争を起こしてはならないとの憲法の下、平和な日々を過ごすことができたが、最近、国民の生命、財産を守る目的で戦争ができる国になる準備・軍備費増強が進んでいる。ミサイルでは日本国土は守れない。日本は過去に学び、「非戦」に向け、強く勇気ある賢い女性の本気の出番を信じたい。最近、日本弁護士連合会で初の女性会長が誕生した。その後「軍事化とジェンダー」というシンポジウムが弁護士会館であり、早速出かけた。

心ある映画監督の脚本の中には争い・暴力・怒鳴り声・殺しの場面がない。女性性のある俳優が演じる、人の気持ちに寄り添う作品が最近多い。ドキュメンタリー映画制作の技術開発も進み、女性の進出が目覚ましい。

足腰弱る高齢者には、テレビ・映像の世界は大切なのだ。高度経済成長・所得倍増と、こんなに便利な社会に貢献した高齢者は、この先の子どもたち、孫たちとの会話が不足し、価値観の変化のギャップに不安とストレスを抱えていることは周囲を見れば明らかだ。

女性性のある、地に足がついたローカル・ロースピード・ローテクニック・ローコスト・ローインパクトで若者世代にうまくつながることを切望している。

3 特に期待される分野

❶政治、司法、社会運動で目覚ましい活躍が

世界の女性の首相、大統領、総統のリーダーシップは高く評価されている。記憶に新しいところでは、ドイツ、ニュージーランド、フィンランド、ノルウェー、デンマーク、台湾。果敢で迅速な決断力だけでなく、国民へのコミュニケーション力でも高く評価され、新型コロナウイルスの感染者数も相対的に少なく、死者数も抑えられた。科学的で強いリーダーシップ、共感度の高いコミュニケーション力が共存には必要なのだ。すでにコロナ禍の国の緊急対応で、その実績が報告されている。

この先、語学力に優れ、喧嘩より寛容な人間関係を築くことを得意とする女性たちは、国際政治のリーダーに相応しいと思う。国の規模が小さく、政治と国民の距離が近い日本は、民主主義の成熟に向け、女性がリーダーに選ばれることを期待したい。都知事、23区に8人の区長、7人

の大学学長、経済界の長も出始め努力されている。選挙、投票への態度も期待できる。近年、暴力に立ち向かうトルコで女性首長が当選。国際機関の人を裁く危険な立場の長に日本女性がおられる。祈る思いだ。

司法の世界でも夫の名誉のために裁判を起こしたり、疑惑のために闘ったり、原発訴訟の原告団長になったり、リニアモーターカー反対など様々な市民運動がある。それらは、女の誠実さ・勇気ある発言や行動力・忍耐力・下働きに支えられている。核を含む廃棄物処理の問題に対して、地元民の安全のために真面目に日本各地で取り組んでいるのは大方女性である。25年前の私とダイオキシン問題との出会いも、地元の210メートルの煙突のごみ焼き場反対運動だった。そこにかかわった「豊島・健康と環境を守る会」の仲間たちとは、生ごみの資源化、廃プラスチック資源化等で23区内で今もつながっている。先導役として今も全国を飛び回る男性との出会いも感謝である。裁判傍聴、デモや集会の実行、市民運動の事務所運営。女性なくして今の市民社会は成立していないと実感している。朝ドラの主人公は二回り先輩の虎年女、ありがとう。

2024年、都立高校の男女別定員枠が全廃される。成績順に合格が決まる。興味津々だ。戦後、歴史的差別があり、女子に下駄を履かせた時代があった。しかし、それから80年、明らかに女性は本領を発揮。この先、共学のあり方の根底からの議論が行われるだろう。

過去の長い女性蔑視の理不尽な歴史を知る女性にとっては、長生きして人類半分の女性が表舞台で活躍する地球規模の社会となることを見届けたい。人類の行く先に期待と希望を持っている。

モラハラ、セクハラ、家庭内暴力は、一夫一妻の婚姻制度に問題解決の限界があると言う人がいる。精子減少の原因もそこにあると言う専門家も。

妻問い婚時代の女性は強かった。歴史にどう学ぶか。男性の生殖技術開発への関心は強い。今後のヒトの命の誕生、健やかで幸せな前途への妄想は限りなく続くが……。人間教育は最終的には歴史を司る要。

限られた人生の中で、若き日に教育学を専攻したことは、私の人生への神様からの贈り物だったのかも……。

❷ケアの世界、祈りの世界

科学の出現によって急速に魂の救済体系が崩壊したが、ポストコロナ時代の心の平安、宗教の復興現象はあり得ると思う。歴史的に見ても疫病蔓延の後、多くの宗教が芽生えている。想定外の世界に宗教が勃興するのは、人間社会には当たり前と感じる。

経済中心の社会、家族観の変化、地域社会の崩壊など社会のシステムの分断を感じる。宗教・教会・医師・病院・施設・葬儀社・葬儀・墓などの分野でも、死が全て個人レベルの負担の世界になり、死者を支える、その家族を支える周囲への思いやりの乏しい関係は避けたい。感謝の宗教心は大切に育てたい。

「メメントモリ（死を想え）」という警句を兄がよく口にしていた。誰でも死ぬ。死を回避した文明の中でも受け止め、乗り切らなくてはならない。死んでいくのはしょうがないということなのだが、最近、姉1人、兄2人の末っ子の私はいよいよ1人残された。死んでいく人に対する周囲のケアが薄れてきている中、同性の姉は日本女性らしい生き方をした。よく考え準備した安らかな死に、妹は学びがあった。

無思想の思想、寛容な国民性、自然界に生かされているヒトという生物。その生き物の死をのびやかにこの先は考えたい。

❸身体の世界、心の交わりの世界

女に哲学者がいないと言った男性がいるが、女には哲学する必要性、悩む時間、哲学する衝動・気持ちが湧き上がってこないのではないか。「いのち」を孕み、産みの苦しみを経て、乳を与える肉体的体験や母性を備えたメスの肉体構造・ホルモン作用が関係していると思う。人類は自然界に超短時間のうちに蔓延《はびこ》って「人新生」（人類の経済活動や核実験によって、環境変化が大きくなり、自然のシステムを変えてしまった時代）とか想定外の科学の世界に没頭してきているが、全て男性脳の成せる業としか思えない。

女たちは、背後で「いのち」を産み育て、人類の持続に貢献してきている。

これまでの日本女性はややネガティブで心配性で自信がなく、どう思われているか気にして、よく反省して生きてきたように思う。男性の暴力、暴言への恐怖もしみ込んでいる。「個人主義はわがまま」とどこかで1歩下がり、性の喜び、異性への積極的態度、関心の表現も控え目であった。男性の女性への美徳の期待、教育が行き届いていたのだ。しかし、この先、孕む、出産、授乳、身二つになる神秘体験が科学技術のさらなる発展の中で超人間的秩序に、スピリチュアル文化にどう貢献できるか、女性の出番に希望を持ちたい。

原始仏教からの流れのヨガは、日本人の精神世界の修業として戦中戦後に関心が持たれ、一般化した。実業家であった父は当時多くの悩みを抱えており、この世界に関心を持ち、支援した。娘は外から見ていただけだったが、高齢になってヨガに熱心な女性たちに出会い、修業に加わった。本来の修業の目的の壮大さを学び、美容目的のみでなく、ここにも女性性の出番の世界があることを痛感した。男性たちは骨格・筋肉の違いからか、今の女性に人気の修業会場には参加者が少ないが、西洋人も関心を持つ人が増えている。根本思想の魅力には女性性が深くかかわっている。

精神世界のシステム構築やヨガの全世界的流行は、男性脳が練り上げたことは確実である。男たちが長い歴史を経て模索し、到達した精神世界の行為なのだ。これらを考える時、持続可能な地球市民としてこの先、女たちには共有すべき大いなる役割があると思う。

戦前に生まれたが、その後平和な日本の日々の80年間を生きた。今になってウクライナ侵攻、戦車や疎開、瓦礫をテレビ画面で見るとは。最近の世界の軍事費の増強、アメリカ、ロシア、中国、日本……世界の男性政治家の動きに嫌気が起きる。女の出番に平和を結びつけなくてはと強く思う。

戦場で「お母さん！」と若い兵士が死んでいった事実は知っている。そのお母さんの存在と自分は関係ないとは言えないとも感じる。

『教育と愛国』の映画も観た。私は黒塗りの教科書も使った経験もある。生まれながらに善く生きる力を備えた「いのち」を富国強兵と、男性社会の価値観で育てる教育は恐ろしい。

『ワタシタチハニンゲンダ』の映画も観た。日韓併合という言葉は知っていたが、今も身の回りに影響している。男性指導者たちの外交、侵略、争いなどは、足元の暮らし、女性の人権など眼中にない。差別の本性が類似しているのではと感じるからこそ今、平和に向かって世界中の女性の出番を訴えたい。ギリシャ時代、男との交わりをいっさい拒否する連帯を呼びかけた話は知っている。

学生時代から65年間、「従軍慰安婦」という現実を忘れることができない。

最近、地元の大学で『愛国と教育』という映画の上映会があり、学生さんたちとこの課題をまた考えた。特に子ども時代から馴染みのある社会科の教科書出版社が、従軍慰安婦の記述が問題になり、自治体の教育委員会も関係して倒産したことを知った。

海外では少女像が何体も今も置かれている。日本がタブー視する男性社会の歴史認識の根源は何なのか。

戦時中、兵士の慰安目的でこの行為が行われたのは疑う余地はない。この歴史的事実の資料は現存している。私の学習記憶の中にも鮮明にある。しかし、戦後80年近く経って、新たな疑問が湧いてきた。他国からの慰安婦の訴えは確実に社会問題になり、今も解決していないのだが、なぜ日本人慰安婦が一人も訴訟を起こしていないのか。

訴えを起こせない日本国の男性社会の壁の厚さ、支援女性意識の希薄などの困難さは確実に理解できるが、なぜ誰一人も……。背後の日本人女性のこれまでの生き方には関係ないのか……。人間関係の要、忍耐、寛容、やさしさが日本人女性の本性？　魅力？　これらに関係ないのか。男性と女性の根源的関係が戦争に深く関係していることは事実なのだが、タブー視している。いまだに戦争を蜂起した男性の政治責任のプライドが立ちはだかっているのか。

国際舞台での日本政府の行為は情けない。少女像に一輪の花をたむけ黙礼する、その行為で済ませられないのだろうか。

戦争が全ての課題の根底にあることは確実なのだが、二度と慰安婦が求められる社会を到来させない良き祖先になるためにも書き残しておく。

V

85年の人生〜社会変革を体験した自らの気づき

生い立ち〜学生時代

私が生まれ育った東京の豊島区目白は1945年3月15日の東京大空襲に続き、4月12日の城北地区大空襲に遭った。豊島区の7割が焼け野原となった。幸いわが家は社員寮になっていたので消火ができたが、その後、疎開先から戻った家はすぐに接収され、7年くらいは戻れなかった。闇市の立ち並ぶ池袋近くの住宅地の新築が進まない中、電車通学をした。

私は姉、兄2人の末っ子、お下がりはあたり前だったが、恵まれた環境に育った。

幼少時、強皮症という皮膚の病気になり、治療にお手伝いさんと電車で通い、帰りに自分だけシュークリームを食べた記憶くらいしかないが、母親はとても将来を心配していたことを他界後、父から聞かされた。裸への嫌悪感、身体美を無視した適当な態度？　この年齢になって振り返ると、女性として外面から見られることに無意識の抵抗があったのかもしれない。

疎開から戻り、黒塗りの教科書での授業となった。民主主義教育の初め、第一線の小・中学校の先生たちは善く生きようとしている子どもたちの個性を尊重し、使命感もあり、熱心で気合に満ちていた。

小学生の時は貝谷八百子バレー教室に通い、美しいバレリーナたちの中で可愛いがられた。小学校でも、優秀な女性の体操の先生に目をかけられ、卒業までよく踊った。生涯の姿勢の良さは身についた。５年間の担任の先生は子育てもされていた。独身で生涯を教育に捧げられた先生は何人もおられた。今から思えば先生方は、全て見事な仕事ぶりだったとヒシヒシと感じる。戦死した父親、焼け出された家庭、遠距離通学、児童が自らが作った給食、ララ物資の支給、制服もバラバラ。しかし、楽しい子ども時代だった。親たちも子育てに熱心だったと思う。卒業生の人生を今振り返っても、個性的で時代の先端を歩んだ仲間が大勢いる。

生物学を専攻した当時新婚の男の先生が、強い女性たちの中で生涯懸命に次世代に希望を託してかかわってくださった。疎開先から原爆で亡くなった広島市長の葬儀に娘さんを参加させ、その後、彼女ががんで亡くなったことを辛そうに話された姿は忘れられない。息子が大学で生物学を専攻したと報告した時、「生物に関心ある人に悪い人はいないよ」と言われたこともあった。テニスの球出しは90歳過ぎてもしてくださった。

学びの世界で、ギリシャ彫刻の男性美の時代から裸婦美になったことへの疑問や性差、性差別への意識が芽生え、家庭での母の良妻賢母ぶりに「ああはなりたくない、なれない」と強く感じ始めた。父は女性としての私の体を心配して賀川豊彦（大正・昭和期のキリスト教社会運動家・社会改良家）の教会に一緒に行った記憶がある。

例年の山中湖畔でのYMCAの家族キャンプも忘れられない。当時キャンプなど野外活動の乏しかった時代、勉強は適当にして国際組織のガールスカウト運動に惹かれ、リーダーとしても楽しんだ。

先日、新宿で65年も継続している団の祝賀会に参加した。子どもを中心に、多くの誠実なリーダーや保護者、地域に支えられての運動に、「一度スカウト・生涯スカウト」と再認識。多くの有能な女性と今もかかわり、女の出番を実感している。明日のスカウトの柱となる標語に「自己開発、人との交わり、自然と共に」を提案した。今も正解だったと思う。

大学生時代は60年、70年の安保闘争やべ平連と、正義感に満ちた学生運動の全盛期。男性のやる気や魅力に、女性たちは背後で共闘、励ました。共に歩むことは魅力的だった。

教育学を専攻し、卒論は「共学大学の女子学生の現状と課題」、修論は「過去に於いて女性は何を問題にして如何に生きたか」を書いた。

1945年生まれの元日本赤軍最高幹部の重信房子さんが最近刑期を終え、出所したことを知った（2022年5月）。そして、重信さんの一つ年下で、「銃による軍事訓練」のリンチで命を落とした遠山美枝子さんの没後25年を機に同世代の江刺昭子著の『私だったかもしれない～ある赤軍派女性兵士の25年』（インパクト出版会）を買い、例年行く信州の山小屋で一気に読んだ。当事の革命家闘士の名前やその恋人たち、多くの全国の大学名、分裂闘争……。今では考えられないほどの熱気（狂気？）の実態を追い続けた著作であった。

当時、幼い子ども達を連れて、あさま山荘事件の現場を見に行ったこともあった。

本の中に、遠山さんが亡くなった山岳ベース事件から50年経ち、当時に思いを寄せる高齢男性たち40人が京都で「偲ぶ会」を開いたという。その最後に、「静かに聴いていた娘さんが遺影に向かって『バカヤロー！』と叫んだ。その声が今も耳に残っている。」との一文は、同じ時代を身近に、何冊も書いていている彼女を知っていたので、その場面が想像でき、衝撃的であった。

「国中が家族のようなこの国で、武装闘争なんで無理に決まっている」と鍼灸師になった当時の女性運動仲間が語っている。

「女は馬鹿だ、男はもっと馬鹿だ」と娘を3人持つ心ある男性の言葉をまた思い出した。

セクハラ、パワハラ、モラハラは今もあるが、学生運動時代の当時より女性の解放、平等は確実に進んだ。ありがたい。

仕事と子育て、社会運動

私は23歳で恋愛し結婚した。アメリカに追いつけの時代、新宿、渋谷、池袋のビルの乱開発、大阪万博開催、もはや戦後ではないと所得倍増と高度経済成長期に突入。イケイケドンドン、電子レンジ、洗濯機、電気釜、テレビ、車、海外旅行と、皆夢中になった。公害国会が話題になったが、全体にウキウキしていた時代だったと思う。

大学卒業後の学生部では、「共学大学の女子学生の実態調査」や「女子学生センター」を創らせてもらった。いよいよキャリアアップという段階を目前に3人目を妊娠。当時、第一線の有能な弁護士さんに打ち明けたら、「中絶は殺人よ」と言われ、思いがけず超未熟児の双子を出産。娘二人、息子二人の母親になった。

双子の小学校入学と同時に美濃部都政の初の東京都婦人情報センターの専門員に就職。後の初女性副知事の下で働いた。高度経済成長の時期、都の婦人海外派遣や国際婦人年など、女性の社会参加の勢いは各地に盛り上がり、フェミニズムの思想も広がった。日本婦人問題懇話会では先進的課題を磨き合った。その光は現在も残っている。功績を残した女性たち数人は、最近も本を出されている。

世の中は「脱性別役割分業」「母性崇拝クタバレ」「産む産まないは女の権利」「少子化は女の逆襲」なんて言葉が飛びかっていたが、子どもが4人になって、「善く生きようとする命を支える」のが役割と、仕事との両立は無理と覚悟した。自らの餌だけは自ら啄むと、性別役割分業があたり前の中、フェミニズムの思想に惹かれつつも「婦人の解放と子どもの権利」を社会学のテーマに、掛け持ちの短大非常勤講師などのパート労働者になった。

各地の女性行動計画の実施、地元の豊島区男女平等センターエポック10、YWCA、ガールスカウト、カネミ油症被害者支援センターの共同代表、「脱焼却・脱埋め立て・脱塩素」が関連する廃棄物やリサイクルの市民運動、高齢女性を考える会等々、その時々、様々な活動をしてきた。今も継続しているものもある。家族の健康にも恵まれ、忙しい充実した日々を送ってきた。

大正デモクラシーの時代に多くのミッション系の女学校が誕生した。日本女性の出番への期待の土台になっている献身的な生き方の女性が多く育った。サービス＆サクリファイス（献身的行為）の価値観は尊いが、身体からの人権、自己主張がやや弱いように感じることもある。だが、今後が期待される次世代を誠実に育てた、育てていると感じる。

大学での私の講義、初日の一言は、「社会学とは森羅万象。宇宙人のごとく観て、考える」。これが自らの生き方になった。その間、「僕は男に生まれたくて生まれたんじゃない」との息子の言葉は、胸に刺さっていた。

ジェンダーからエコロジーへ

第Ⅰ章でもふれているが子どもたちが成人した1998年、地元豊島の清掃工場の反対運動に深くかかわり、ダイオキシンという超有害な化学物質の存在を知った。その毒油を直接食したカネミ油症事件の被害者と出会った。そこでの母親たちの悲しさ、不安、怒り、さまざまな理不尽に出会い、母親の人権を訴え続け、今に至っている。人類が造ったPCB、その食中毒事件のカネミ油症被害者支援、特に母親の人権侵害として関心を持ち続けている。高齢女性の向き合う使命として、残された人生の日々を送ろうと決めた。

時間は戻るが、「ピルの解禁」についても触れておきたい。

1999年、日本政府は経口避妊薬ピルを解禁した。世界から40年遅れと言われた。その時私は、消費者運動に生涯捧げた女性、チェルノブイリの原発事故からの危険性を今も訴え続けているロシア語が堪能な女性、そして、カネミ油症被害者救済に今も共にかかわっている唯一の女性医師と反対運動をした。

その時、国内運動の最前線の「女性の健康ネットワーク」の優秀な女性たちから、ピルの認可に向け、私に「手を引くとの一筆を書いてくれ」と頼まれた。時の流れから無理とは感じていたが、女性たちが自ら認可の先端に立ち、「日本は遅れてる、アンビリィバブル」との発言をする日本のフェミニズムの未熟さを感じ、私の関心は男女平等のジェンダーから生態系エコロジーに向かった。その後、当時の運動仲間のお一人は厚生労働大臣になり、カネミ油症被害者の仮払金免除の法律制定でお世話になったが……。

「ホルモンは複雑。安易にいじってはいけない。」と有吉佐和子さんは書かれている。最近、緊急用避妊薬も認可された。人間も動物の一種ではあるが、「いのち」の誕生には「人間らしさ」、尊厳をわきまえてほしい。

女性たちは考える脳を成熟させ、男性たちをリードしてほしい。動物的欲望に対して「いつでもOKよ」なんて男性に媚びた生き方、接し方はいかがなものか。「いのち」の誕生に深くかかわる女性の責任・母性の人権・戦争・平和を考えたい。品格のある賢い女性の出番である。

ソクラテスの「無知の知」、人間の権利、「教育は善く生きようとする子どもを支える」ということなどを学んだ大学の恩師・村井実先生は現在103歳。子育てとキャリアで葛藤していた時、「博士課程に来れば」と言ってくださり、ただ週に何日か通った。

不登校の息子に悩み、お尋ねした時、「当たり前のことだよ」と励ましてくださった。

昨年のゴールデンウイーク、山小屋に「出版を楽しみにしている」との先生からのおはがきが下駄箱の上に置かれているのを発見。帰京後すぐお礼に伺ったが、お元気なうちに本をお届けしたい。

コロナ禍が始まった２０２０年初め、ＰＣＢを直接摂取していないカネミ油症の次世代被害の実態調査の要望を国が受け入れ、調査を実施することになった。55年が経過したことで、有害化学物質の次世代の人体影響の不安が持続可能な人類の健やかな前途に男社会も感じての結果と、人類の傲慢な科学、医学へのささやかな反省（？）に希望を感じ、生善説の母親は嬉しかった。

第Ⅰ章にその気づきを、情熱を込めて書いた。


この時期、再び女性問題に関心が深まった。今は夫の遺族年金の独居老人だが、これまでの長い人生、仕事や子育てや介護で世話になった女性たち、名前と顔が異なるように個性も様々だったが、みんな、人柄も働き方も有能な気持ちのいい人ばかりだった。根っから嫌いな女性はいない。その体験からも女性への信頼の気持ちが生まれている。助けてくれた多くの女性たちへの感謝は忘れない。しかし、その間の女性たちの葛藤、努力、辛さ、理不尽な行為の数々に遭遇していたことの記憶も忘れない。

しかし、この年齢になり、過去の女性たちの生き方を、この先の人類の幸せのためにも無駄な苦労で終わらせたくないという気持ちがますます高まっている。持続可能な前途には、人類半分の女性たちの連帯は欠かせない。

次世代への期待

日本女性の平均寿命が87歳の今、新憲法、新民法、教育基本法で確立された男女平等の歴史は77年。意識、行動、関係、世間が急に変わることは簡単ではない。そんな中、同世代の女性たちは結婚しなかった、子どもを産まなかった、離婚という選択をした人たちがいる。精一杯パイオニアとして頑張った。年金が支給されるまで社会的キャリアを全うした友人も多い。各自、「日本女性」を生きてきた。

経済的自立、キャリアウーマンの生き方を第一に目指したと思うが、今も残る性別役割分業の中での、高齢化、各自の思いは様々だと感じる。幸せの評価は簡単にできないし、他人の幸せなど評価すべきではないが、この間の生き方、特に女性には様々な無理があったと思う。

先日の新聞に「セルフネグレクト」に向き合う娘が母親との体験を誰かの支えにと本を出し、共感を得て、話題になっているという記事を読んだ。

高齢になった母親たちの生き方は、次世代にどのような影響をもたらしただろうか。

良き祖先になるために家族関係、家庭生活、社会の中での無理があった部分を見つめ、次世代に過去を話し、理解し合うことは大切なことだと思う。親世代の苦労、葛藤を肯定的に受け入れ、生かし、自信を持った世代の出番を期待したい。

4人の子どもを産んだ85歳の女性は、これまでメスを意識して生きてきた。コロナ禍後の人類に希望と男女の生涯の幸せと平和、心ある、理解ある男女共生の道を残したいと書き残すことを決めたのだが、夫の介護が始まった頃から自らの身体の高齢化を意識し始め、近所の女性中心の筋トレ道場に足しげく通うことになった。目的は脳をシャキッとするためだった。確実に脳も身体の一部、血流が重要と実感。生かされている命は「みこころのまま」にと精神世界は勝手に宗教を使わせていただいている。

デジタル社会と癒やしの対象

コロナ禍の3密回避で学校、職場にリモート操作が一般化した。スマホが手離せない社会は日常化した。高齢者にとって挑戦意欲なくしては近づけない、「デジタル社会は好みでない」、などブツブツ言っていられないまでになってしまった。

ＡＩ革命が起きていると感じるが、アンデシュ・ハンセン著『スマホ脳』（新潮新書）を一気に読んだ。不安は的中した。スウェーデンはじめ先進諸外国の実態は日本より深刻なようだ。近未来の子どもたちは、こんな状況が続いて大丈夫なのだろうか。孫たち世代まではかかわれるが、ひ孫までは……。すでに自分が子育ての現場にいなくてよかった！

眼球を通して自然界を眺め、絵画を眺め、活字を読み、映像を見る、それらの全ては視覚から脳に伝達されるシステムである。この歳まで目の健康に恵まれ、視覚を通して多くを学び、日常に生かされている。人類は文字を発明し、印刷技術によって文明は飛躍的に他の動物から引き離す脳が進化し、現代に至っている。

デジタル社会の今、「目」は狭い画像に奪われ、多くの集中時間が奪われている。その画面を見る「目」の視神経を通って脳に伝わっている。指先で交流している。この学び、この感覚からの頭脳、考えること、意識で生かされている人の前途は不安である。

都会を離れ、デジタル機器から離れ、生かされている自らの身体。「目」を愛し、視覚から直接考える脳、感じる脳でありたい。自然も絵画も活字も音楽も、全て直接かかわる身体感覚で暮らしたい。

目の不自由な教会の女性友達、講演会場で私の話と声を褒めてくれたのが縁で一緒に旅した。その女性にとっては、デジタル画面は存在しない社会だ。私は画面は好みでない。


最後に猫について。

有史以来、猫は人間社会に馴染みながらも別世界を感じさせてくれる貴重な生き物である。最近、独居老人は猫歩きの番組を楽しんだり、庭先で寝ている地域猫に声をかけたりしている。猫は、犬とは明らかに異なる生き方、行動をしている。

人間界のペットとの付き合い方にも違いがある。子育て時代、家族内にエネルギーがあった頃は犬にお世話になった。今も子どもたちは犬を飼っている。

高齢者になると散歩しなくもいい、餌だけきちんとすれば双方ほっといても気ままでいられると猫を飼っている人が多いように感じる。

猫好きの男性を観察していると女性的な物言い、考え方が根底にあるように感じる。

女性的な生き方には、どこか猫が馴染むように思えてきた。幼稚園時代からの優秀な哲学の女性大学教授の友達は、今も数十匹の猫と暮らしている。

あとがき

コロナ禍の中、原稿を一応書き終え、出版社に渡した。その後の春には、白内障手術や腰痛を抱えて、日々ラジオ体操をするために区民広場に出かけ、何とか無事に暮らしているが、さまざまな前途の不安情報は気になり続けている。

何人もの優秀な友人の施設入りなどを知り、自らの脳や健康に向き合い、自然の美しさに触れたり、おしゃべりしたりが救いの日々になった。

3月末、紅麹の食品公害が報道され、早速新聞に投稿した。

「食の安心・安全基金の創設」

紅麹サプリメントによる食品公害事件がまた発覚しました。この先被害者が何処まで広がるか心配です。

私は55年前、PCB・ダイオキシンが含まれた食用油を摂取したカネミ油症被害者の苦しみと直接食べていない次世代の不安の支援に深くかかわっています。水俣・森永事件の被害者とも共闘しています。

コロナ禍の中、サプリメントの広告が目につきます。

莫大な化学物質が日々開発され、その毒性の人体影響は全く未知の世界です。各自の寿命の中、被害が出ても因果関係の証明はほぼ不可能なのが現実です。

近年、精子の減少は世界的に認められています。少子化現象の主因は、精子の劣化にあると言われています。1匹の精子と多くの精子に拠って、受精卵は胎盤の上で十月十日育てられ、外敵から守られ、新しい命が誕生するのです。その精子が化学物質や放射性物質などによりDNAが傷つき、アトピーや発達障害、ガン、様々な難病の命が生まれてきているのです。誕生後の母乳や育て方が、子どもの健やかな成長に重要なことはみんな知っていますが、この機会に提言します。

健やかな命と健康な幸せな日々のため「食の安全・安心のためのセイフティネットとなる基金の創設」を政治決断で実行することを切に希望します。

この提言ができる85年の生かされた人生に希望と感謝を覚えます。

出版することが具体化してくると、自分の生き方、文章、すべてのいい加減さが明白になってきた。今は文芸社の横山勇気さんと西村早紀子さんにありのままの自分をさし出し、何とか出版まで漕ぎつけていただいている。信頼できるご縁に感謝あるのみの日々です。

２０２４年６月30日

著者プロフィール
佐藤 禮子（さとう れいこ）

1938年、東京生まれ。

お茶の水女子大学附属幼稚園～高校まで在学。

慶應義塾大学大学院社会学研究科教育学専攻、博士課程単位取得。

結婚後、双子を含む２女２男を出産。

前東京都婦人情報センター初代専門員。東京YWCA学院、東洋英和女学院短期大学、東京女子短期大学、千葉県立衛生短期大学等で社会学非常勤講師を務める。

豊島清掃工場建設反対運動に関わり、止めよう！ダイオキシン汚染・東日本ネット代表、カネミ油症被害者支援センター（YSC）共同代表。

日本婦人問題懇話会、東京YWCA、ガールスカウト日本連盟、豊島区男女平等推進センター、東京23区とことん討論会などに参加。

著書
『夫のボケは神様からの贈り物』（2013年・日本図書刊行会、2018年・あさ出版）

日本女性の出番

2024年９月15日　初版第１刷発行

著　者　佐藤 禮子
発行者　瓜谷 綱延
発行所　株式会社文芸社
〒160-0022　東京都新宿区新宿１－10－１
電話　03-5369-3060（代表）
03-5369-2299（販売）

印刷所　株式会社フクイン

ISBN978-4-286-25658-0